沒有縫兒的衣服

●「天衣無縫」的故事●

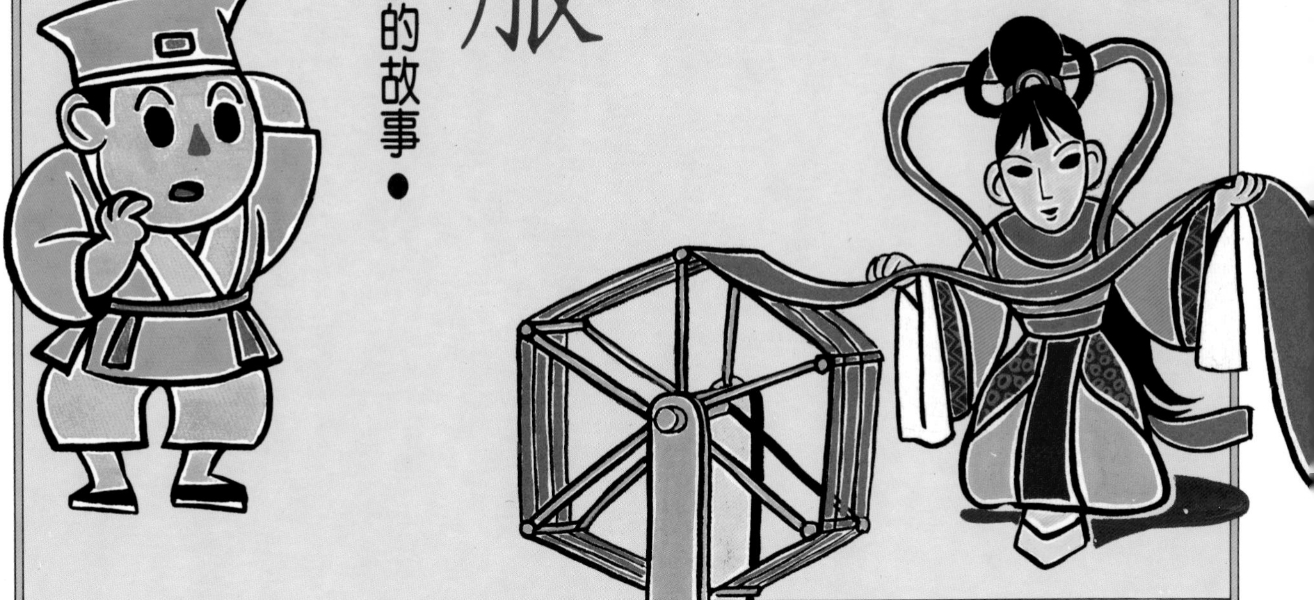

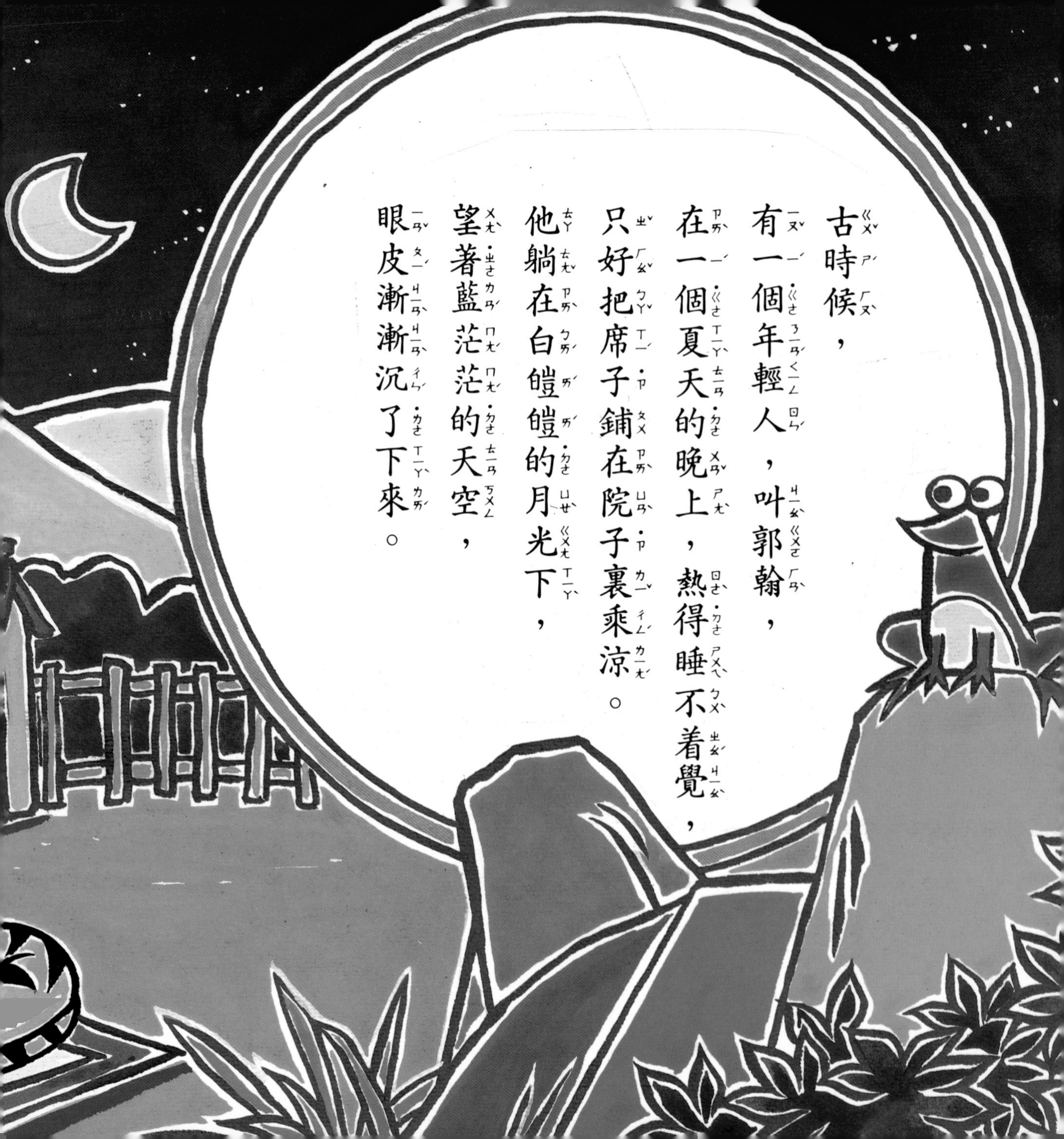

古時候，
有一個年輕人，叫郭翰，
在一個夏天的晚上，熱得睡不着覺，
只好把席子鋪在院子裏乘涼。
他躺在白皚皚的月光下，
望著藍茫茫的天空，
眼皮漸漸沉了下來。

朦朦朧朧間，
突然
看見一個穿著七彩衣服的仙子，
從空中慢慢的飄了下來。

她的衣服，映著月光，發出紅的、黃的、紫的、綠的、藍的、金的、銀的各種顏色，比什麼還要好看。郭翰一下子清醒過來，簡直不相信自己的眼睛。

仙子踏到地面後，
好像走在棉絮上面一樣，
體態輕巧，好看極了！
她嬌羞答答的對郭翰說：
「我是天帝的女兒，
人家都叫我織女。」

「你……
你真的是天上的織女？」

郭翰又驚又喜，說話都結巴起來。

仙子點點頭，說：

「我背著爹娘，偷偷到凡間來玩兒一下，

不能逗留太久。」

郭翰睜大眼睛，

把仙子從頭到腳仔細看了一遍，

發現她的衣服，沒有任何接縫，

也沒有任何一條縫線。

郭翰覺得很奇怪，
就問：

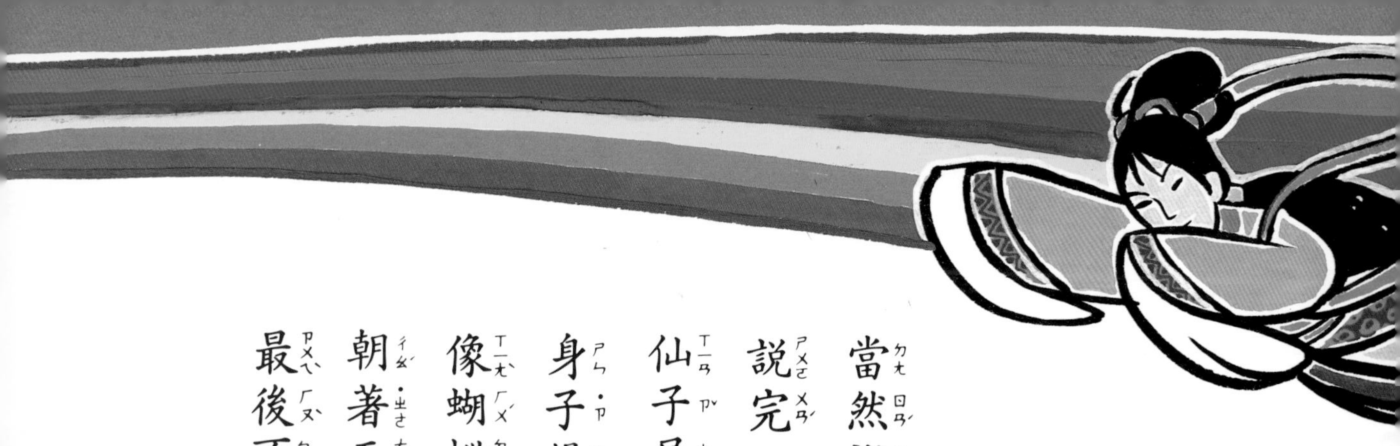

「你的衣服，為什麼沒有縫線呢？」

仙子說：

「神仙穿的衣服，
都不用針縫，
當然沒有縫。」

說完，
仙子展開她的七彩衣裳，
身子慢慢的離開地面，
像蝴蝶一樣，輕飄飄的飛了起來，
朝著天上的銀河飛去，
最後不見了。

郭翰看呆了，整晚沒有睡覺。

一連幾個晚上，

他都坐在院子等那個仙子，
想問她，
神仙的衣服如果不用針縫，
那到底用什麼縫呢？
而那個美麗的仙子，卻再也沒出現，
郭翰的問題也找不到答案了。

給父母的話

神仙的衣服，應該是什麼樣子呢？

給孩子一個想像的空間，聽聽他怎麼說。

這個浪漫的神話故事，記載在宋朝太平廣記「靈怪集」裏面，後來被當作成語「天衣無縫」來用，比喻做事自然精巧，沒有痕跡可尋；也可以用來形容詩文渾然天成，無雕琢痕跡。

大蚌鬥水鳥

●「鷸蚌相爭」的故事●

從前，在南方的海邊，
住著一隻大蚌。
這一天，天氣很好，
陽光照著大地，暖洋洋的。
大蚌從水裏爬上岸，
張開兩片大殼，
喜孜孜的躺在沙灘曬太陽。

一隻尖嘴長腿的水鳥，突然從海邊低低飛過，
看見張開殼的大蚌，兩眼一亮，暗暗叫著：
「哇，好大的蚌啊！
那一團白嫩嫩的蚌肉，
看得我口水不停的流！」
水鳥對準大蚌，
一個低身衝下來。

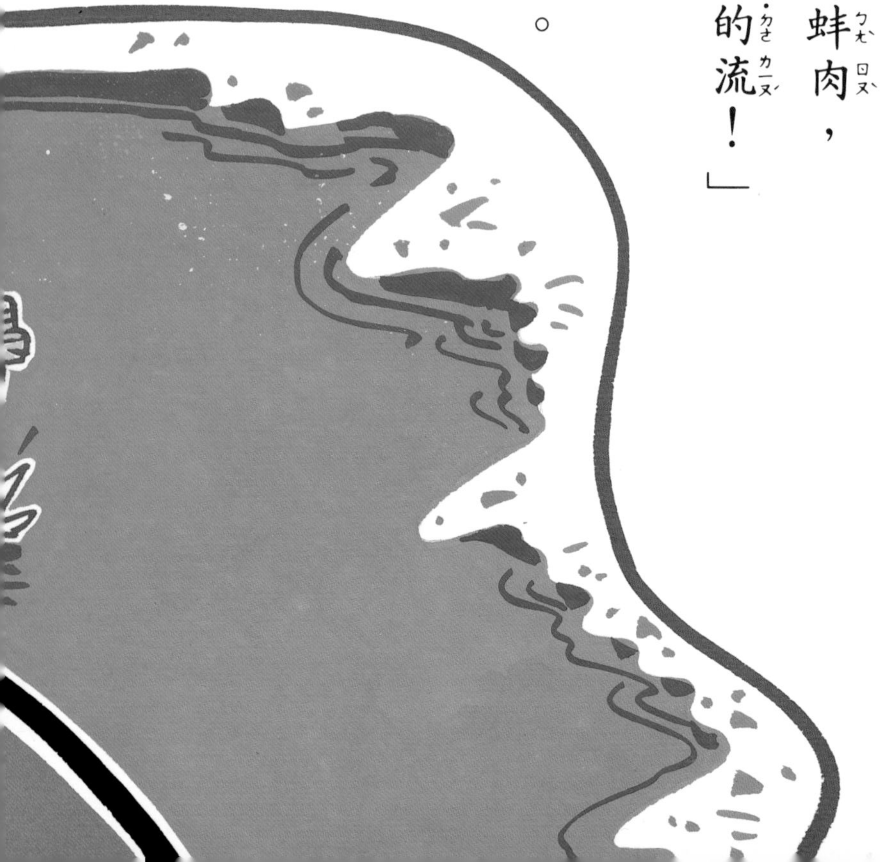

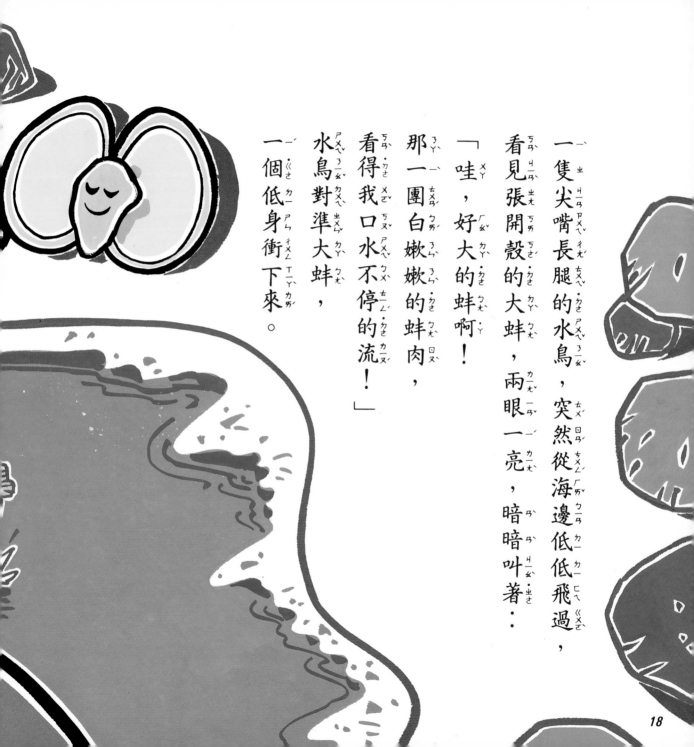

就在水鳥的尖嘴巴咬到蚌肉時，
「喀擦！」一聲，
大蚌很快的合上殼，
緊緊夾住水鳥的嘴巴。
就這樣，
水鳥咬著大蚌，
大蚌夾著水鳥，
兩個都疼得不得了，
可是誰也不肯先放開。

水鳥說：

「大蚌，你這樣夾著我，對你有什麼用？

我固然不能走，

你也休想回水裏去。

如果今天不下雨，

明天不下雨，

你就要被太陽活活給曬死。

我看你還是放聰明點，

乖乖的打開殼兒，

滾回水裏去吧！」

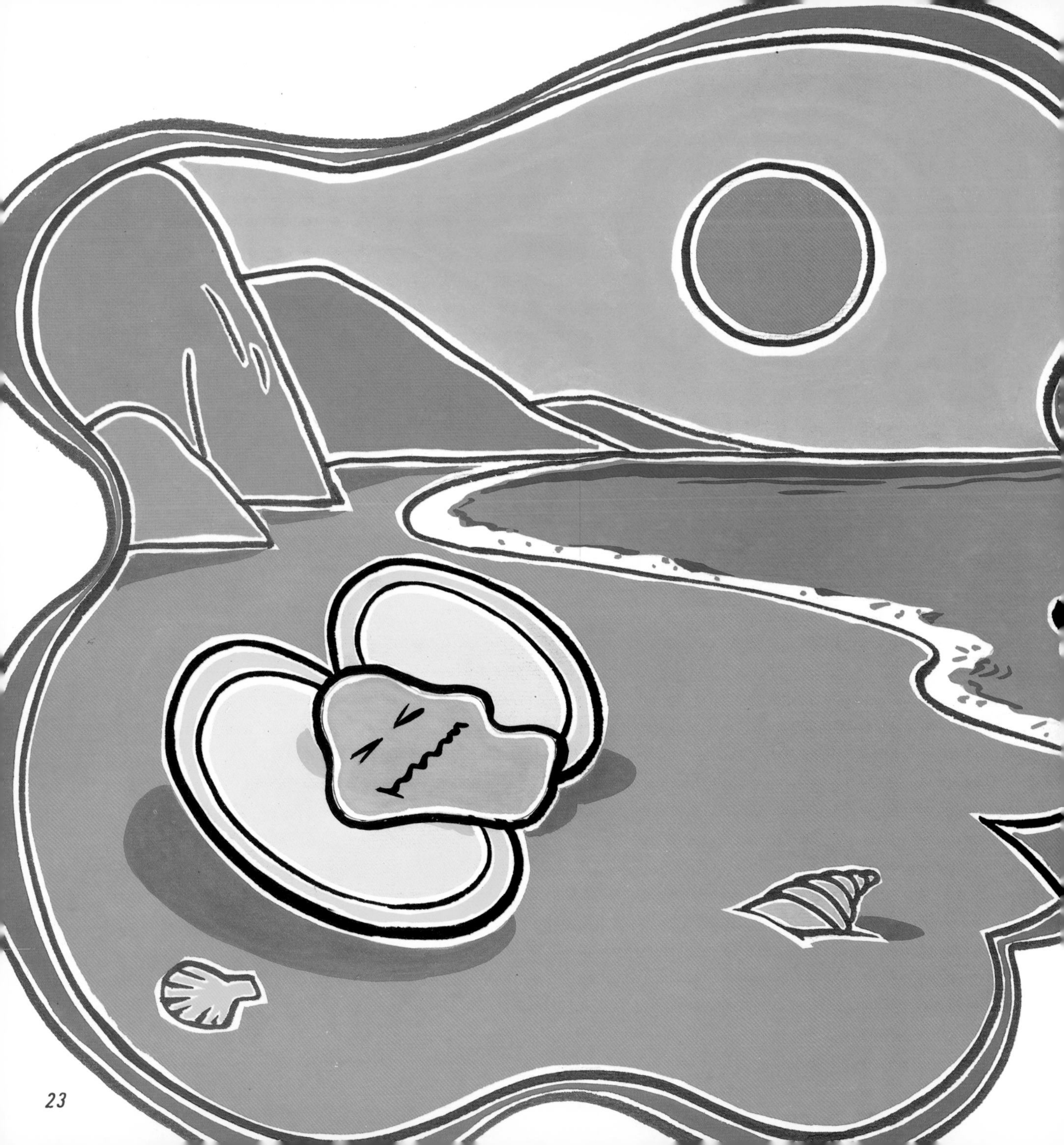

大蚌也說：

「水鳥，死到臨頭還嘴硬！

要知道我大蚌今天不放你出去，

明天不放你出去，

你就要活活給餓死，等著人來替你收屍！」

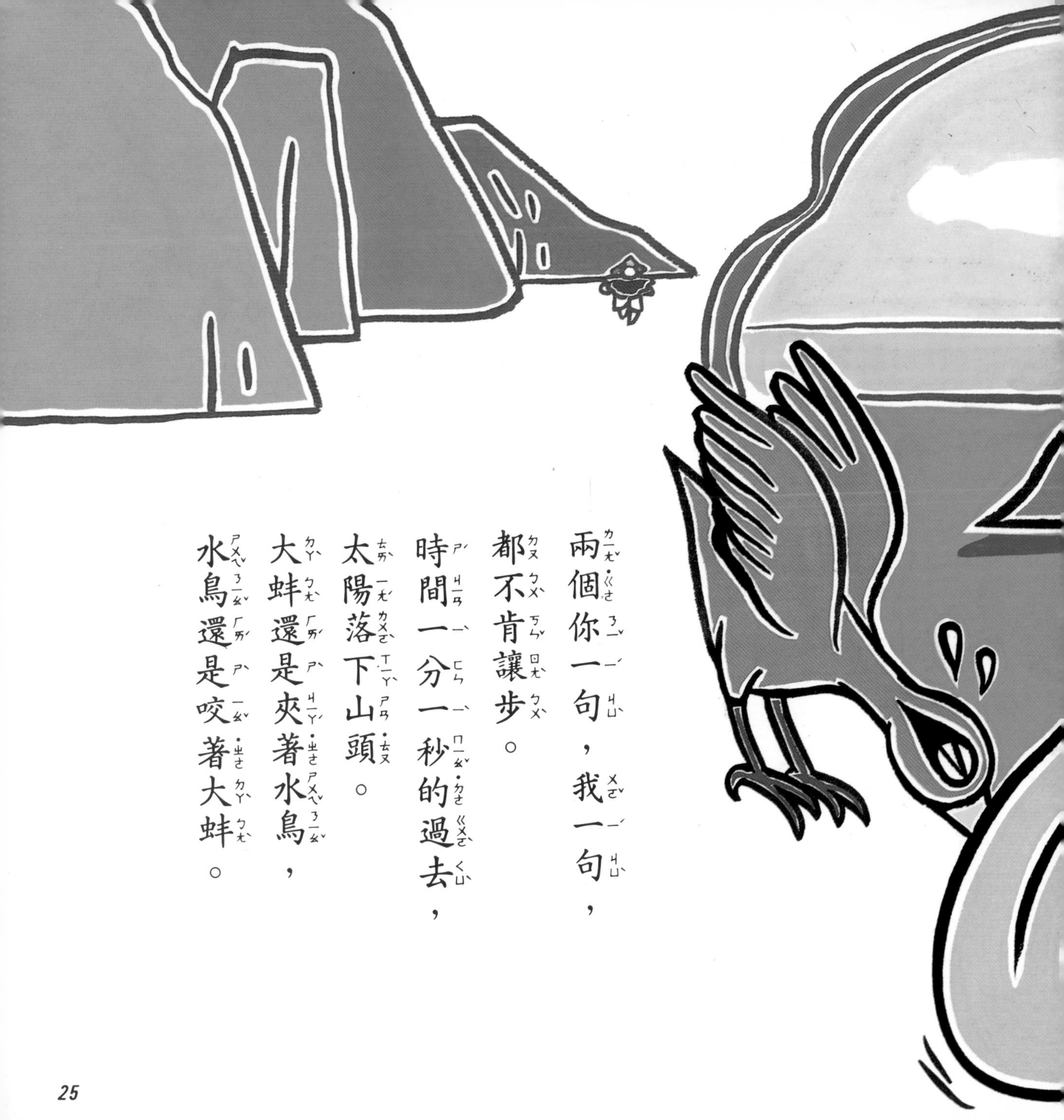

兩個你一句，我一句，
都不肯讓步。
時間一分一秒的過去，
太陽落下山頭。
大蚌還是夾著水鳥，
水鳥還是咬著大蚌。

這時，
一個漁夫經過這裏，
看到纏在一塊的大蚌和水鳥，
高興的說：
「你們兩個吵個沒完，
倒便宜了我！」
於是，
走過去，撒下魚網，
輕輕鬆鬆的
就捉住大蚌和水鳥，
歡天喜地的回家了。

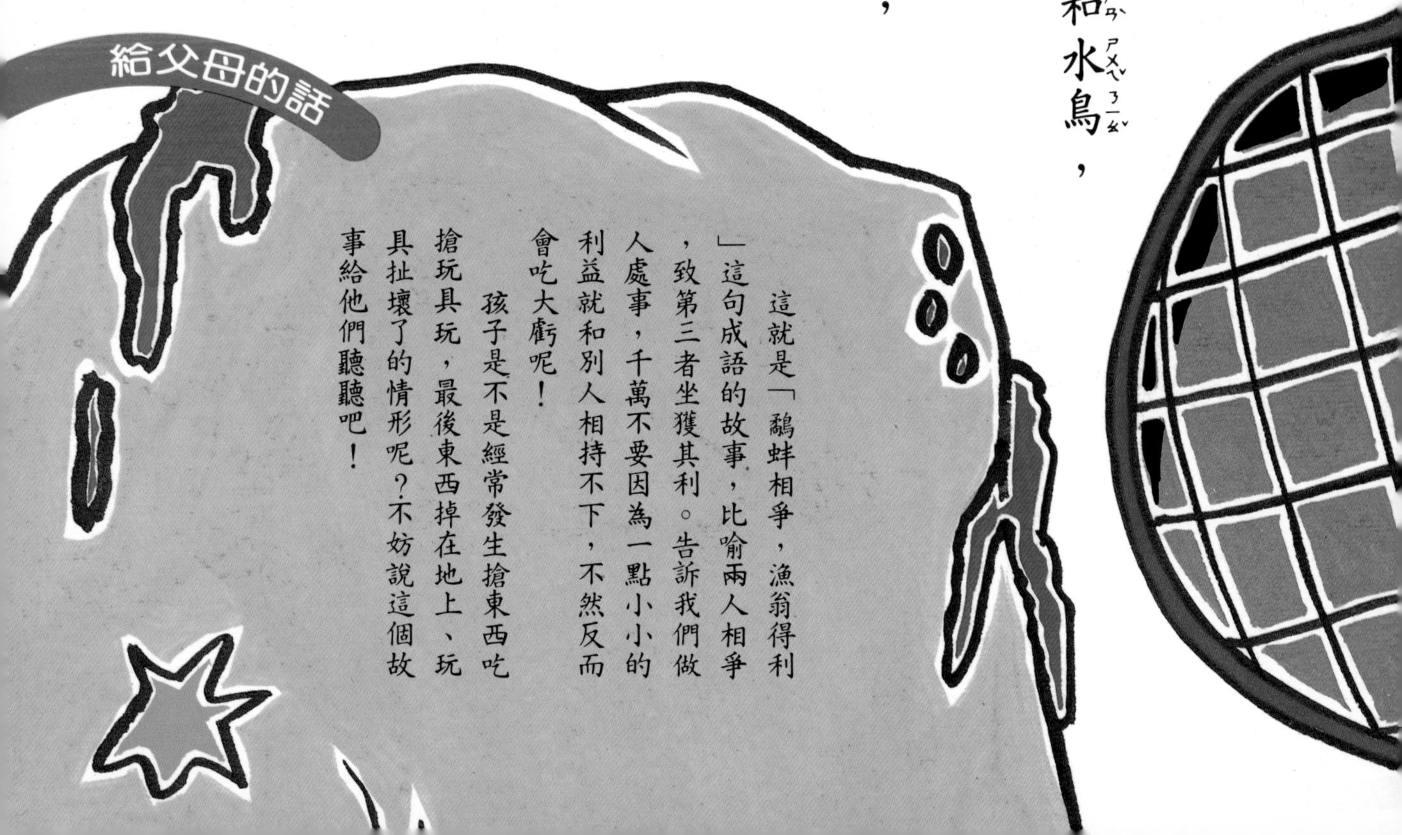

給父母的話

這就是「鷸蚌相爭，漁翁得利」這句成語的故事，比喻兩人相爭，致第三者坐獲其利。告訴我們做人處事，千萬不要因為一點小小的利益就和別人相持不下，不然反而會吃大虧呢！

孩子是不是經常發生搶東西吃搶玩具玩，最後東西掉在地上、玩具扯壞了的情形呢？不妨說這個故事給他們聽聽吧！

中國孩子的故事

中國成語故事1

沒有縫兒的衣服
大蚌鬥水鳥

文字編著：洪淑英　歐世皓　謝桂芳
美術構成：石綠設計羣
李昇達　謝敬森　王惠貞　黃春美
插　　圖：楊長義

發　　行：新地平線文化事業股份有限公司
製　　版：五洲彩色製版印刷股份有限公司
印　　刷：今日彩色印刷股份有限公司
裝　　訂：盛昌製本有限公司
出版字號：行政院新聞局局版台業字第5818號
總 代 理：文庫出版事業股份有限公司
地　　址：台北縣新店市民權路一三〇巷十六號二樓
電　　話：02-2183245、2183246
郵政劃撥：16027923　文庫出版事業股份有限公司
出版日期：中華民國八十五年一月版

中國孩子的故事 **100** 冊